Mein Leben ohne Smartphone

- Eine kleine Parodie auf den Fortschritt -

Das Hörgerät, das ist eine sinnvolle Erfindung!
Smartphones aber, die braucht keiner.

Frühstückspause im Betrieb

Ich erinnere mich. Alle saßen stumm am Tisch und fingerten an ihren Smartphones. In der einen Hand die angebissene Frühstücksstulle, in der anderen das Gerät. Überall piepste, klingelte und vibrierte es. Alle starrten wie hypnotisiert auf ihr Display.

Nur ab und zu blickte einer für wenige Sekunden auf, um in die Runde zu rufen: „Ich habe gerade zwei Panzer zerstört."

Dabei sind Pausen doch zur Erholung da!

Ich zumindest bevorzuge es, mich bei einer netten Unterhaltung zu entspannen.

Doch die Spiele-Industrie findet ständig neue Tricks, Menschen dazu zu bewegen, Geld für Technik und Spiele auszugeben und ihre Zeit damit zu vergeuden. An mir allerdings hat die Branche noch keinen einzigen Cent verdient.

Und meinen panzer-abschießenden Kollegen empfehle ich, mal mit Menschen zu sprechen, die den Krieg hautnah miterleben mussten. Vielleicht hilft's.

Internet

Überall das Internet,
Ruhe hat man nur im Bett
oder auf der Toilett' ...
Netz und du sind ein Duett,
Bildschirm vor dir wie ein Brett,
vieles Sitzen macht dich fett,
zwar ist manches auch recht nett,
Daten sausen wie ein Jet,
warten nur, dass man sie rett'
und sie ordnet gut als Set,
abrufbar von A bis Z ...

Doch das Leben lacht kokett
jenseits von dem Internet ...

Ein tiefgründiges Thema

Die weltweite digitale Kommunikation über Mobilfunknetze und Internet bietet vielfältige Möglichkeiten. Davon nutze ich allerdings nur wenige. Denn nur wenige sind für mich sinnvoll.

Streikt das Auto auf einer einsamen Landstraße, kann ein Handy durchaus hilfreich sein. Das gebe ich zu.

Am Strand von Sankt-Peter-Ording kann ich meine geografischen Koordinaten bestimmen und herausfinden, dass ziemlich genau gegenüber 770 Kilometer entfernt Liverpool liegt. Allerdings wird diese Erkenntnis meinen Nordsee-Urlaub wohl kaum beeinflussen. Beeindruckend also, aber für mich völlig unnötig.

Kommen wir nun zum leidigen Thema der Ruhestörung. In Gaststätten wird oft telefoniert, „dideli, dideli". Dabei will ich doch nur ungestört meine Mahlzeit genießen. Ich plädiere für ein Handy-Verbot in Speiselokalen.

Und in öffentlichen Verkehrsmitteln? Die meisten Fahrgäste suchen im Handy nach neuen Nachrichten, scrollen durch endlose Instagram-Bilder, posten selber, spielen sich in Level 3 oder hören Musik über nicht immer ganz schalldichte Ohrstöpsel.

Zuweilen werde ich wider Willen auch Zeuge eines lautstarken Telefonats über Dinge, die ich gar nicht wissen will.

Moderne Büroarbeit (I)

Früher schrieb recht flink ein jeder
auf Papieren und mit Feder,
später mit noch mehr Routine
Texte mit der Schreibmaschine,
unser Schreiben heut' begleiten
digitale Möglichkeiten,
Hardware, Software - angemessen -
sonst ist ein Erfolg vergessen,
viele Technik kann man brauchen,
soll der Datenschornstein rauchen,
viel Papier ist einzusparen,
wo zuvor die Akten waren,
statt so mancher Ordner-Reihen
speichern eng sich die Dateien
und man hofft, dass ihre Massen
sich noch lange finden lassen
auf diversen festen Platten,
die noch keinen Virus hatten !

Jetzt mal Klartext

Es ist ja nicht nur das Handy. Am Computer ist's ja dasselbe ... und die ganzen Spielkonsolen. Und dann bricht das Netz zusammen und alle Kadetten stehen da und wissen nicht mehr, was sie tun sollen.

Hat die Menschheit schon mal über die Umwelt und die Kosten nachgedacht?

Betrieb, Unterhalt und Ausbau der Infrastruktur dieses globalen Netzwerkes verursachen einen gigantischen Energieverbrauch sowie enorme Kosten und Umweltbelastungen. Unzählige Mobilfunkstationen, Richtfunkstrecken, Kupfer-, Glasfaser-, Seekabel, Satelliten, Server, Datenspeicher, PCs, Handys, Akkuladegeräte u.v.m. sind ständig in Betrieb und müssen in Funktion gehalten werden.

Bei jeder Handynutzung sollten wir uns dessen bewusst sein. Daher kann ich nur immer wieder betonen: Wir sollten unsere digitalen Aktivitäten auf ein sinnvolles und notwendiges Maß beschränken.

Analoges oder digitales Leben ?

Altem Leben, analogen,
bin ich nach wie vor gewogen,
bin auch online nach Belieben,
doch das wird nicht übertrieben.
Ein Zuviel des Digitalen
störte mich zu vielen Malen.

Sich vielleicht ein offline gönnen,
wichtig scheint, man muss das können ...
Antwort mit dem Phone, dem smarten,
muss dann eben auch mal warten
bis mit freudiger Empfindung
wieder online die Verbindung.

Auch wenn toll die Daten flitzen,
Technik soll mich nicht besitzen,
Ziel ist, dass ich selbst entscheide,
was ich nutze, was ich meide !

Das ganze Ausmaß der Katastrophe

Wer behauptet, dass Handys das Leben erleichtern?

Als neulich ein Luftzug die Wohnungstür hinter mir zuschlug, stand ich ohne Schlüssel und Smartphone im Treppenhaus. In meiner Verzweiflung klingelte ich beim Nachbarn, um über sein Telefon Hilfe zu rufen. Allerdings musste ich feststellen, dass alle wichtigen Telefonnummern in meinem Kopf „gelöscht" waren. Sie waren aus meinem Gedächtnis „ausgeschnitten" und ins Handy „eingefügt".

Also bat ich meinen Nachbarn um sein Telefonbuch, das ich aufmerksam studierte. Aber kein potentieller Helfer war mehr verzeichnet. Weder meine Frau noch meine Kinder. Nur der Schlüsseldienst. Was hat das für einen Mehrwert?

Ähnliche Erfahrungen habe ich mit dem Navigationssystem gemacht. Mit seinen Anweisungen zeigt es mir Wege, die ich vorher nicht kannte und danach auch nicht mehr weiß, weil ich ja nicht mehr darauf achten muss.

Und das Schlimmste: die GPS-Satelliten sind amerikanisch. Die sind auch mal ganz schnell umprogrammiert, dann kann man damit alle Ziele ansteuern. Nur wir finden nichts mehr.

Aber kein Problem. Für den Notfall habe ich immer meinen guten, alten Straßenatlas an Bord.

Lexika nicht mehr „up to date“

Bisher konnten mir zu Fragen
Lexika, was nötig, sagen.
Gerne las ich Brockhaus-Wissen,
heute kann ich das vermissen,
nutze an der Bücher Stelle
nun das Internet, das schnelle,
und den Brockhaus nur noch selten
- andere Prämissen gelten.

Gute Bücher, die versauern,
irgendwie ist da zu trauern …

Eine Frage am Rande

Die Erfindung des Transistors 1948 und die sich daraus rasch entwickelnde Mikroelektronik leitete um 1975 die „Digitale Revolution“ ein. Seit Ausgang des 20. Jahrhunderts bewirkt sie einen Wandel in nahezu allen Lebensbereichen.

Mobiltelefone wurden alltagstauglich, für jedermann erschwinglich und mit dem Smartphone zu leistungsfähigen Computern. Man kann mit ihnen im Internet surfen, allerlei Apps herunterladen, fotografieren, Nachrichten und Bilder verschicken, Musik hören und sogar auch telefonieren.

Das Smartphone wird mehr und mehr zum persönlichen Wissensspeicher und Kommunikator für den jederzeitigen weltweiten Abruf benötigter Informationen. Man muss es stets bei sich tragen.

Immer mehr professionelle und private Teilnehmer vertrauen täglich diesem globalen System und die verfügbaren Kapazitäten werden ständig ausgebaut. Inzwischen sind Sicherheit, Katastrophenschutz und Wirtschaft ganzer Staaten davon abhängig.

Aber Technik kann versagen, durch Naturgewalten zerstört oder in krimineller Absicht missbraucht werden.

Sind wir darauf vorbereitet?

Früher war alles besser

Bereits seit frühester Kindheit galt mein Interesse der Elektrotechnik und Elektronik sowie der Eisenbahn. Aus meinem Fenster konnte ich den Rangierbetrieb auf dem gegenüberliegenden Bahnhofsgelände beobachten.

Bald kannte ich alle hier verkehrenden Dampfloktypen. Besonders faszinierten mich die großen Dampflokomotiven, wenn die enorme Kraft des Dampfes aus dem Kessel über ein exzellent durchdachtes Kolben- und Stangensystem einen kilometerlangen Güterzug in Bewegung versetzte. Ein geniales Meisterwerk! Das waren Erfindungen, die die Welt wirklich vorangebracht haben.

Heute wachsen Kinder mit Smartphones auf. Märklin kämpft ums Überleben, weil keiner mehr mit der Modelleisenbahn spielt. Den Wert einer guten alten Dampflok kennt heut' kaum noch einer.

Ich will nicht in Abrede stellen, dass das eine oder andere Handy-Spiel Geschicklichkeit, Logik und Denkvermögen steigert. Aber früher haben wir ein Rätselheft gekauft und die Lösung gab's erst eine Woche später. Wir haben Fernschach gespielt und die einzelnen Spielzüge per Post übermittelt. Bankgeschäfte haben wir beim freundlichen Beamten am Schalter erledigt, nicht „elektronisch", nicht auf eigene Stromrechnung und nicht auf eigenes Risiko. Lieblingshits stammten aus einer umfangreichen Schallplatten-, Kassetten- und CD-Sammlung. Und echte Bücher und Briefe waren aus Papier.

Moderne Büroarbeit (II)

Man ist heute recht am Platze
mit dem Smartphone in der Tatze
und dem Laptop als Computer
ist Erfolg dann wohl ein guter,
umso mehr, wenn man noch setze
fleißig Wirken fort im „Netze“,
denn sich öffnen Horizonte,
die man sonst kaum ahnen konnte …

Hat man alles recht gesteuert,
sind die Daten flott erneuert,
freilich ohne Kopf und Denken
kann man sich das alles schenken !

Digitale Revolution

„Der Touchscreen ist super“, behauptet mein Enkel. „Den berührt man einfach. Da muss man keine Tasten mehr drücken und nicht mehr auswendig lernen, welche wofür benutzt wird.“

Aber ich? Wo soll ich denn drücken, wenn es keine Tasten mehr gibt? Wo ist denn ein übersichtliches Bedienfeld? Wo ist die Fernbedienung? Ich? ich muss den Text immer größer stellen, damit ich's lesen kann! Und dann muss ich scrollen, weil nicht alles auf den Bildschirm passt. Das ist doch viel umständlicher als vorher.

Als nunmehr betagter Rentner und gelernter „Analog-Elektroniker“ fällt es mir schwer, mich in der „digitalen Welt“ zurecht zu finden und die Geräte mit ihren unterschiedlichsten Bedienarten zu handhaben. Ein Fehlgriff und schon ist alles durcheinandergebracht.

Digitale Großmutter

Eine Großmutter mit Handy
ist für alle Enkel trendy !

Spürt an irgendeinem Orte
sie den Wunsch nach einem Worte
oder will sie weitergeben
dieses nette Bild von eben,
Technik ist als Freund zur Stelle
macht mobil auf neuer Welle !

Doch die Technik, die begleiten
für sie manche Schwierigkeiten,
erst wenn diese überwunden,
ist die Oma recht verbunden ...

Enkel nutzen die Verbindung
gern mit freudiger Empfindung,
so ist Austausch mit den Jungen
auch auf diese Art gelungen !

Schlusswort

Ich befürchte, das menschliche Leben wird sich noch weiter aus der Natur in digitale, virtuelle Räume verlagern. Künstliche Intelligenz und autonome Systeme kommen in immer mehr Bereichen zum Einsatz.

Daten werden uns beherrschen - von Haushaltsgeräten bis zur eigenen Gesundheit. Algorithmen analysieren unser Verhalten, um uns noch mehr nützliche oder auch unsinnige individuelle Produkte und Dienstleistungen anzubieten. Mit 3D-Druckern werden wir irgendwann allerlei Produkte selbst herstellen können.

Möge jeder das Richtige für sich herausfinden.